왕구마 고구마구마

8 오늘은 발명왕! 내일은 명탐정!

만화 스토리 작가로 활동하고 있습니다. 대한민국 창작만화 공모전 스토리부문 최우수상, 일요신문 만화공모전 우수상 등을 수상했으며, 대표작으로 「Why? 첨단 소재」 「빈대 가족의 프랑스 따라잡기」 「아기공룡 둘리 과학대탐험」 시리즈, 「원더풀 사이언스」 시리즈, 「맹성렬 박사의 지켜라! 지구인」 시리즈 등이 있습니다.

그림 쏘울크리에이티브

2014년 「TV동화 빨간 자전거」로, 2018년 「반지의 비밀일기」로 '대한민국 애니메이션 대상 문화체육관광부장관상'을 받은 애니메이션 기획 제작 스튜디오입니다. 대표작으로 「왔구마 고구마구마」 시리즈, 「소원빵집 위시위시 베이커리」 시리즈, 「반지의 비밀일기」 「뱀파이어 소녀 달자」 「꼬마공룡 크앙」 「도깨비 언덕에 왜 왔니?」 「TV동화 빨간 자전거」 등이 있습니다.

왕구마

고구마구마

8 오늘은 발명왕! 내일은 명탐정!

킨더랜드

왔구마 고구마구마 등장인물

작구마
달리기와 수영이 특기인,
작지만 세상에서 제일 빠른 고구마.

탔구마
잘 구워진 샛노란 고구마.

터졌구마
웃음도 방귀도 많은 고구마.

보라구마
통통 튀는 사차원 고구마.

길쭉하구마
큰 키를 자랑하는 고구마.

꾸미구마
왔구마학교의 패션 리더.

공부하구마
왔구마학교의 모범생.

털났구마
온몸에 잔뿌리가 난 고구마.

왕구마

왔구마학교의 설립자이자
교장 선생님.

빛나구마

왔구마학교의 학생회장.

별나구마

작구마의 담임 선생님이자
체육 선생님.

요리하구마

고구마들의 영양을
책임지는 요리 선생님.

고치구마

학교의 모든 시설을 관리하는
선생님.

예술이구마

미술, 음악, 무용 등을 가르치는
예술 선생님.

없구마, 알구마

같은 고구마 줄기에서 나온
쌍둥이 과학 선생님.

왔구마 고구마 고구마구마 · 노래 가사

왔구마 고구마구마
작곡: 지엘리스, 작사: Z1, 조주희

노래 듣기

What 구마 What 구마 What What 구마구마
What 구마 What 구마 What What 구마구마
What 구마 What 구마 What What 구마구마 왔구마야

오늘도 왔구마 학교 왔구마
친구들 반갑구마 인사하구마
작구마 탔구마 보라구마
털났구마 터졌구마 길쭉하구마
우리가 왔구마 고구마구마
우리는 모두 다 친구라구마
다 같이 노래해 신나는구마
다 같이 놀자 재미나구마

What 구마 What 구마 What What 구마구마
What 구마 What 구마 What What 구마구마
What 구마 What 구마 What What 구마구마 왔구마야

오늘도 왔구마 학교 왔구마
선생님 반갑구마 인사하구마
왕구마 별나구마 고치구마
없구마 알구마 요리하구마
우리가 왔구마 고구마구마
우리는 모두 다 친구라구마
다 같이 노래해 신나는구마
다 같이 놀자 재미나구마
우리가 왔구마 고구마구마
우리는 모두 다 친구라구마
다 같이 노래해 신나는구마
다 같이 놀자 재미나구마

What 구마 What 구마 What What 구마구마
What 구마 What 구마 What What 구마구마
What 구마 What 구마 What What 구마구마 왔구마야 예

미스터리 왕구마

작곡: 지엘리스, 작사: 김영은

노래 듣기

왕! 왕! 이상해
왕! 왕! 수상해
왕! 왕! 궁금해
왕! 왕! 왕구마! 왕! 왕! 왕구마!

뒤쫓아 살금살금
따라가 조심조심
비밀을 밝혀내자
오늘은 내가 탐정

왕! 왕! 이상해
왕! 왕! 수상해
왕! 왕! 궁금해
왕! 왕! 왕구마! 왕! 왕! 왕구마!

그것참 미스터리
그것참 수수께끼
비밀을 밝혀내자
오늘은 내가 탐정

왕! 왕! 이상해
왕! 왕! 수상해
왕! 왕! 궁금해
왕! 왕! 왕구마! 왕! 왕! 왕구마!

떠든 고구마

빛나구마
보라구마

에피소드 ①
재활용 발명왕 소동

오늘은 기숙사에서 나온 쓰레기들을 정리하는 날이야.

"흠……. 아깝고치."

분리수거를 하던 고치구마 선생님은 안타까운 표정을 지었어.

"무슨 일이구왕?"

쓰레기 정리를 돕던 왕구마 교장 선생님이 물었지.

"멀쩡한 물건들이 잔뜩 버려져 있고치."

"흠……. 정말이구왕. 모두 아까운 물건들이구왕."

"쓸 만한 물건을 함부로 버리면 안 되고치."

고치구마 선생님의 말에 잠시 생각에 빠져 있던 왕구마 교장 선생님이 뭔가 결심한 듯 말했어.

"아이들에게 물건을 재활용하는 방법을 알려 줘야겠구왕."

그날 저녁, 기숙사 복도에 안내문이 붙었어.

〈제1회 왔구마 재활용 발명대회〉

"재활용 발명대회?"

안내문을 본 작구마가 알쏭달쏭한 표정으로 중얼거렸지.

"아하, 버리려고 했던 안 쓰는 물건들로 새로운 물건을 만드는
거구마."

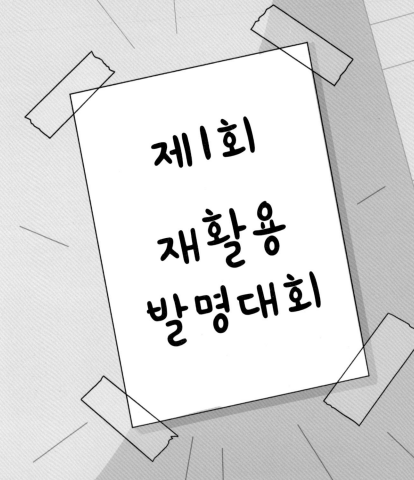

안내문을 자세히 읽어 본 탔구마가 알려 주었지.

"근데 갑자기 이런 대회를 왜 하는 거지?"

"기숙사 쓰레기를 줄이고 물건을 아껴 쓰기 위해서라고 적혀 있구마. 발명왕도 뽑는구마!"

"하긴. 기숙사에서 나오는 쓰레기들이 엄청나긴 했어."

제1회
재활용
발명대회

재활용 발명대회?

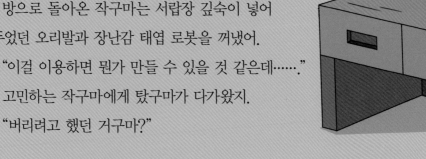

방으로 돌아온 작구마는 서랍장 깊숙이 넣어
두었던 오리발과 장난감 태엽 로봇을 꺼냈어.
"이걸 이용하면 뭔가 만들 수 있을 것 같은데……."
고민하는 작구마에게 탔구마가 다가왔지.
"버리려고 했던 거구마?"

"응. 오리발은 너무 낡았고, 장난감 로봇은 고장 났거든."

"그럼 장난감 부품을 이용해 낡은 오리발을 개조해 보면 어떻구마?"

"그거 좋은 생각이야! 탔구마는 뭘 만들 거야?"

작구마의 물음에 탔구마의 얼굴이 빨개졌어.

"내 발명품은 좀 부끄럽구마. 난 내일 대회장에서 보여 주겠구마."

"에이, 숨기니까 더 궁금한걸."

그 시각, 빛나구마는 커다란 상자 하나를 들고 보라구마를
찾아갔어.

"그러니까 네 말은 우리 둘이 한 팀이 되자는 거구마?"

"그렇다빛! 학생회장인 내 머리와 보라구마의 사차원 발상이
합쳐지면, 최고의 발명품을 만들 수 있을 거다빛."

빛나구마가 보라구마를 찾아가 한 팀으로 대회에 참가하자고
제안했어.

최고의 발명품을
만들 수 있을 거다빛.

"그래? 그럼 뭐 생각해 둔 아이디어라도
있구마?"

"여기 내가 모아 놓은 물건들이 많다빛.
살펴보면 뭔가 떠오를 거다빛!"

보라구마는 빛나구마가 가져온 상자 속
물건들을 들여다보았어.

상자 안에는 확성기와 녹음기 같은
잡다한 물건이 들어 있었지.

그날 밤, 친구들이 모두 잠들고 나서야 보라구마와 빛나구마는
발명품을 완성했어.
상자에 확성기가 달린, 용도를 알 수 없는 물건이었지.
"휴, 이제 완성이다빛. 테스트를 해 보자빛!"

하지만 보라구마는 하품을 하며 기지개를 켰어.
"지금은 너무 피곤하구마. 그냥 아침 일찍 일어나서
양봉장으로 가자구마."
"알았다빛. 내가 먼저 일어나서 깨워 주겠다빛."

다음 날 아침, 학교 운동장에서 대회가 열렸어.

고구마 친구들은 자기 발명품에 흰 천을 씌워

길쭉한 테이블에 차례차례 올려놓았어.

"지금부터 재활용 발명대회를 시작하겠구왕!"

왕구마 교장 선생님이 행사의 시작을 알렸어.

"그런데 보라구마와 빛나구마가 없구마?"

"둘이 팀으로 나온다고 하지 않았구마?"

"아까 조금 늦는다고 했구마."

대회를 시작하려는데, 보라구마와 빛나구마만 보이지 않았지.

"그럼, 지금부터 한 명씩 발명품을 발표하는 시간을 갖겠구왕!"

그 시간, 보라구마와 빛나구마는 식당 뒤편의 양봉장에 있었어.
요리하구마 선생님이 관리하는 벌통이 있는 곳이었지.
"조심! 조심하구마!"
"알았다빛. 쉽지 않다빛."

온몸을 모기장 같은 망사로 감싼 보라구마와
빛나구마가 벌통 앞에서 끙끙거리고 있었지.
"이러다간 대회에 참가조차 못 할 것 같다빛."
"몇 마리만 있으면 된다구마."

운동장에서는 작구마가 발명품을 감싸고 있던 흰 천을 걷었어.

그러자 태엽 장치가 달린 오리발이 나왔지.

"이건 파닥파닥 발차기 오리발이야. 낡은 오리발과 고장 난 장난감 부품을 재활용해서 만들었어."

꾸미구마가 신기해하며 손을 모아 잡고 말했어.

"어떻게 작동하는 건지 한번 보여 주꾸미."

작구마가 오리발에 달린 태엽을 끼릭끼릭 돌려 감았어.

그리고 테이블에 내려놓자 신기한 일이 벌어졌지.

파닥

파닥

"우아! 오리발이 스스로 발차기를 하구마!"
고구마 친구들의 입이 떡 벌어졌어.
태엽이 풀리면서 오리발이 파닥파닥 힘차게 발차기를 했거든.
"저걸 신으면 힘들게 발차기를 할 필요가 없겠구마!"
"알아서 발차기를 해 주니 수영이 훨씬 쉬워지겠구마!"

"작구마다운 기발한 발명품이구마!"

작구마의 오리발은 친구들에게 좋은 반응을 얻었어.

작구마는 어쩌면 발명왕이 될 수도 있겠다는 생각이 들었지.

다음 발표자는 길쭉하구마였어.

발명품을 가리고 있던 흰 천을 걷자 평소에 길쭉하구마가 자주
쓰고 자던 수면 모자가 나왔지.

"엥? 저게 뭐구마? 너무 평범하구마."
"저건 그냥 길쭉하구마 모자 아니구마?"
특별할 게 없어 보이는 길쭉하구마의 발명품에 친구들은
실망한 것 같았지.
그때였어.

"이건 버리려고 했던 수면 모자를 이용해 만든 투닥투닥 안마 모자구마."

안마 모자를 쓴 길쭉하구마가 모자 가운데 달린 버튼을 꾹 눌렀어.

그러자 모자 양쪽에 달린 뿔이 좌우로 움직이며 길쭉하구마의 머리를 투닥투닥 두드리기 시작했어.

"우아, 모자가 안마를 한다꾸미!"

고구마 친구들의 눈이 휘둥그레졌어.

"신기하다공! 머리가 시원하겠다공!"

"나도 한 번 써 보고 싶구마!"

"피곤하거나 두통이 있을 때 쓰면 시원하구마!"

친구들의 반응이 바뀌자 길쭉하구마는 기분이 좋아졌지.

다음 차례는 털났구마였어.

"이건 탈탈탈 먼지떨이구마. 구석구석 먼지를
청소할 때 좋구마!"

털났구마는 먼지떨이를 손에 쥐고
신나게 먼지 터는 시늉을 했어.

"그건 뭘 재활용한 물건이구마?"

터졌구마가 궁금하다는 듯 물었지.

"아, 이건 떨어진 내 잔뿌리들을 한
올 한 올 모아 재활용한 거구마!"

"으악!"

털났구마의 말에 고구마 친구들이 기겁했어.

"뭐든 아껴서 쓸 만한 걸 만드는 게 이 대회의 취지 아니구마?"

털났구마는 친구들의 반응에 의아한 표정을 지었어.

네 번째 발표자로 터졌구마가 나왔어.

터졌구마가 흰 천을 걷자, 테이블 위에 푹신해 보이는 파란 쿠션 하나가 드러났어.

"낡은 쿠션에 목욕 오리를 잔뜩 넣어 만든 푸하하 방귀 쿠션이구마."

작구마와 친구들은 무슨 소리인가 싶어 고개를 갸웃거렸어.

"목욕 오리를 왜 쿠션에 넣었구마?"

"어떻게 사용하는 거구마?"

"한 번 시범을 보여 주구마."

친구들의 말에 답이라도 하듯, 터졌구마는 크게 점프하여
푸하하 쿠션을 깔고 앉았어.

그러자 쿠션에서 꽥, 하고 오리 소리가 터져 나왔어.

"푸하하 하하하."

터졌구마를 보며 친구들도 따라 웃었지.

푸하하

하하하

꽉

"어, 이게 무슨 냄새지?"
갑자기 작구마가 코를 벌름거렸어.
친구들도 작구마를 따라 코를 킁킁거렸지.
"이건 터졌구마 방귀 냄새잖아?"
터졌구마가 또 한 번 웃으며 말했어.
"내 방귀도 재활용해서 같이 넣었구마! 푸하하."

발명대회가 한창인데, 빛나구마와
보라구마는 아직도 양봉장에서 씨름 중이었어.
"빛나구마, 좀 더 노력해 보구마. 지금은 그냥 빛나구마 같구마."
"아. 아. 아. 잘 안 된다빛……."
녹음기를 든 보라구마가 빛나구마를 채근했어.

"뉴스에 나오는 음성 변조 목소리를 흉내 내보구마."

"아. 아. 내가 꾸민 일이 아닙니당⋯⋯. 저는 범인이

아닙니당⋯⋯."

"그렇지, 그렇게 하구마."

보라구마와 빛나구마는 도대체 무슨 일을 꾸미는 걸까?

이번에는 탔구마 차례였어. 탔구마는 스프레이 통을 쥐고
발명품을 소개하고 있었어.

"다 쓴 탈취제 통에 내 향기를 담아 만든 달콤 군고구마
탈취제구마."

작구마가 궁금한 얼굴로 물었어.

"그걸 뿌리면 탔구마처럼 달콤한 냄새가 난다는 거야?"

탔구마는 수줍은지 볼이 빨개져서
대답했어.

"아마도…… 그렇구마."

"그럼 내가 먼저 뿌려 볼래! 탔구마의 달달한 냄새를 싫어할
고구마는 세상에 없다고!"

작구마의 말에 용기를 낸 탔구마가 칙칙, 하고 탈취제를 뿌렸어.
행사장에 달콤한 군고구마 냄새가 퍼져 나갔지.

다음으로 공부하구마가 내놓은 발명품은 안경이었어.

역시나 공부하구마다운 물건이었지.

"쓰지 않던 오래된 안경에 장난감 모터를 달아 만든 뱅글뱅글
회오리 안경이라공."

공부하구마가 안경다리 한쪽에 달린 작은 버튼을 누르자,
안경알이 뱅글뱅글 돌기 시작했어.

쓸 일 없겠구마!

"그런 안경을 왜 쓰는 거구마?"

길쭉하구마가 궁금한 얼굴로 물었어.

"공부를 하다 보면 졸음이 몰려온다공! 그때 이 안경을 쓰면 어지러워서 졸음이 확 달아난다공!"

"그렇다면 우리가 쓸 일은 절대 없겠구마!"

털났구마의 농담에 친구들은 다 같이 하하 웃음을 터뜨렸어.

이제 테이블 위에는 발명품이 하나도 남지 않았어.
꾸미구마가 아직 발표하지 않았는데 말이야.
텅 빈 테이블을 본 터졌구마가 물었어.
"꾸미구마는 가져온 발명품이 없구마?"
"아니꾸미, 내 발명품은 여기 있꾸미."
꾸미구마가 자기 머리 위를 가리켰어.
친구들이 못 보던 노란색 리본이 달려 있었지.

"유행이 지나 사용하지 않던 리본을 다시 꾸며 만든 호랑나비 리본이꾸미."

"예쁘구마. 진짜 머리에 나비가 앉은 것 같구마."

예쁘구마.

그때 갑자기 꾸미구마가 리본을 떼어 공중으로 높게 던졌어.

"앗! 왜 그래, 꾸미구마!"

놀라운 일이 벌어졌어. 꾸미구마의 리본이 진짜 호랑나비처럼 날고 있는 거야!

"사실 조종 비행기 장난감 위에 리본을 달아서 만든 나비 장난감이꾸미."

자세히 보니 꾸미구마가 작은 리모컨으로 나비를 조종하고 있었어.

"우아, 진짜 호랑나비 같아!"

"꾸미구마는 손재주도 좋구마!"

"그런데 보라구마랑 빛나구마는 어디 간 거지?"

"이러다 대회가 끝나겠구마!"

잠깐!

작구마와 탔구마가 걱정하고 있을 때 멀리서 큰 소리가 들렸어.

"잠깐! 잠깐만 기다리라빛!"

운동장 끝에서 보라구마와 빛나구마가 달려오고 있었어.

"앗! 저기 보라구마와 빛나구마가 오는구마!"

"빨리 오구마!"

"너희가 마지막 발표라구마!"

보라구마와 빛나구마는 헉헉거리며 발명품을 내밀었어.

"미안하구마, 테스트를 하느라 늦었구마."

꿀벌?

보라구마가 땀을 훔치며 확성기가 달린 상자를 테이블에
내려놓았어.

빛나구마는 꿀벌들이 들어 있는 유리병을 상자 옆에
내려놓았지.

"설마, 저거 꿀벌이야?"

작구마가 믿을 수 없다는 듯 탔구마에게 속삭였어.

"그런 것 같구마. 근데 저게 과연 무슨 발명품이구마?"

의구심이 가득해 보이는 고구마 친구들 앞에서 보라구마가 큰
소리로 말했어.

"우리는 웽웽웽 꿀벌 언어 번역기를 만들었구마!"

"어? 꿀벌 언어 번역기?"

작구마와 친구들은 믿지 못하는 얼굴이었어.

"말도 안 돼. 꿀벌 말을 번역한다고?"

"그럼 꿀벌 말을 우리가 알아듣게 되는 거구마?"

"아니, 그 전에 꿀벌이 말은 할 수 있는 거공?"

"그게 가능하꾸미?"

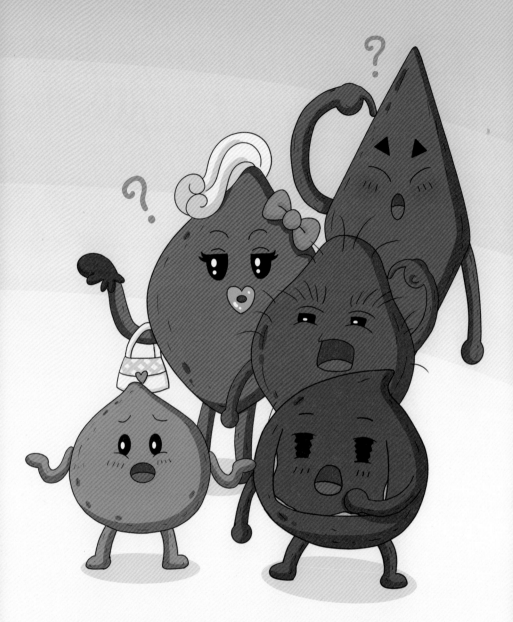

혼란스러워하는 친구들을 보며 빛나구마가 설명했지.

"여기 보이는 상자 속에 꿀벌을 넣으면 이 확성기로 꿀벌이 하는
말이 번역되어 나올 거다빛!"

"근데 그런 걸 왜 만든 거구마?"

틸났구마가 물었어.

"세상은 넘쳐 나는 쓰레기로 몸살을 앓고 있구마.

환경 오염으로 가장 큰 피해를 보는 곤충 중 하나가

꿀벌이구마."

보라구마가 심각한 표정으로 설명을 이어 갔어.

"지나친 농약과 화학 물질로 인해 꿀벌들이 죽고 있구마. 꿀벌이 사라지면 전체 식물 중 70%가량이 꽃과 열매를 맺지 못하게 되고, 그러면 식량이 부족해지고, 온난화가 빨라진다구마."

보라구마의 설명을 듣던 친구들은 모두 심각해졌어.

"그럼 빨리 꿀벌들의 이야기를 들어 보자꾸미!"

꾸미구마가 다급한 표정으로 재촉했어.

보라구마가 상자에 달린 작은 문을 열었어.

벌이 담긴 유리병을 연 빛나구마가 조심스레 상자 안에 넣고
문을 닫았지.

"이제 꿀벌 소리가 말로 번역되어 나올 거다빛!"

보라구마가 상자에 달린 버튼을 눌렀어.

그러자 상자 속에서 윙윙거리던 꿀벌 소리가 정말로 번역되어

확성기로 흘러나오기 시작했어.

"답답행. 너무 더웡……."

"지독행……. 공기가, 숨이 안 쉬어졍."

작구마와 친구들이 웅성거렸어.

"이게 꿀벌 목소리라고?"

"뭔가 좀 이상하구마!"

"어디서 많이 들어 본 목소리 같구마?"

그때 확성기에서 꿀벌의 음성이 한 번 더 흘러나왔어.

"우리는……, 환경에 민감하당. 그러니 쓰레기를 줄이고, 깨끗한……, 환경을 잘 지켜 달라빛!"

그때였어.

"멈추라공!"

공부하구마는 자리에서 일어나 크게 외쳤어.

"저건 꿀벌이 아니라 빛나구마 목소리라공!"

"헉!"

보라구마와 빛나구마는 사색이 되었어.

친구들도 모두 놀라 공부하구마를 쳐다봤어.

"목소리만 변조하면 되냐공. 빛나구마가 자기도 모르게 말끝에

'빛'을 붙였다공!"

알고 보니 꿀벌 목소리는
미리 녹음해 둔 빛나구마의
목소리였어.

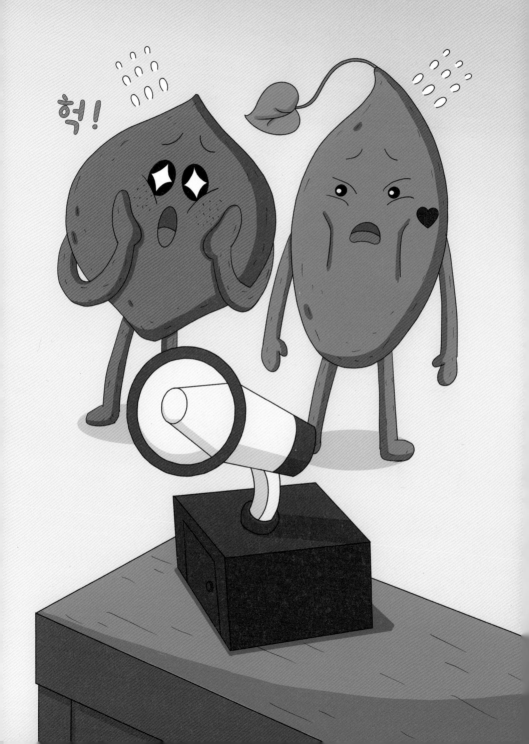

왕구마 교장 선생님이 물었어.

"보라구마, 빛나구마. 이게 어떻게 된 일이구왕? 설명을 해
보구왕?"

보라구마가 주뼛거리며 대답했어.

"죄송하구마. 윙윙윙 꿀벌 언어 번역기는 아직 미완성이구마.
아이디어는 좋았지만, 우리가 직접 만들기에는 무리였구마."

빛나구마도 눈치를 보며 말했어.

"비록 실패했지만, 우리의 생각을 알리기 위해 어쩔 수
없었다빛."

보라구마와 빛나구마의 말을 들은 왕구마 교장 선생님이
수염을 만지며 물었어.

"들킬 걸 알면서도 이런 일을 벌인 거구왕?"

"맞다빛, 꿀벌이 하고 싶어 하는 말을 친구들에게 대신 전해
주고 싶었다빛."

"친구들을 속이려고 한 건 아니구마. 환경을 위해 쓰레기를
줄여야 한다는 걸 이 발명품을 통해 말하고 싶었구마."

죄송하구마.

듣고 있던 고치구마 선생님이 허허 웃었어.

"우리 모두가 알아야 할 의미 있는 발명품이었고치."

없구마, 알구마 선생님도 고치구마 선생님을 거들었지.

"맞구없! 빛나구마가 대신 전해 준 꿀벌의 말은 감동적이구없."

"발명품 완성을 위해 앞으로 우리가 대신 연구해 볼 거구알."

작구마와 친구들도 박수를 쳤어.
"보라구마, 빛나구마! 멋진 발명품이었어!"
"우리도 쓰레기를 줄여 꿀벌을 지켜 줄 거구마!"

그때, 탔구마가 깜짝 놀란 표정으로 상자를 가리키며 소리쳤어.

"저, 저기 보구마! 꿀벌들이 나오고 있구마!"

상자의 벌어진 틈으로 꿀벌들이 윙윙거리며 나오고 있었어.

"으악! 꿀벌들이 탈출했다빛!"

"크, 큰일났구마!"

꿀벌들이 고구마들에게 달려들기 시작했어.

"으악! 이러다 벌에 쏘이겠구마!"

"누가 어떻게 좀 해 보구마!"

왕구마 교장 선생님이 몸집을 크게 부풀리며 다급하게
소리쳤어.

"모두 선생님 밑으로 숨구왕!"

작구마가 소리쳤어.

"왕구마 교장 선생님이 아무리 커져도 벌떼는 못 당해요!"

"일단 조심해서 다 같이 벌들을 쫓아 보자구마!"

탔구마의 말에 친구들은 자기 발명품들을 쥐었어.

"파닥파닥 발차기 오리발, 작동!"

먼저 작구마가 자동 오리발 발명품을 작동시켰어.

그러자 놀란 벌들이 허공에 발차기를 하는 오리발을 피해

달아났어.

작구마의 오리발을 피한 벌들은 길쭉하구마에게로 날아갔지.
길쭉하구마는 안마 모자를 꾹 눌러쓰더니 버튼을 눌렀어.
"내 머리는 시원하지만, 벌들은 이걸 맞으면 기절할 거구마."
길쭉하구마 얼굴로 날아들던 벌들은 안마 모자의 뿔을 피해
달아났어.

달아난 벌들이 향한 곳은 터졌구마였지.

터졌구마는 푸하하 방귀 쿠션을 깔고 앉아 엉덩이로 팡팡 팡팡
점프를 해댔어.

꽥꽥하고 오리 인형 소음과 함께 지독한 방귀가 나왔어.

"벌들에게 방귀를 살포하구마! 푸하하."

터졌구마의 방귀 쿠션 공격이 너무 강력했던 탓일까?

벌들이 나는 속도가 급격히 느려졌어.

그때 공부하구마가 회오리 안경을 쓰고 나타났지.

"이 안경을 보면 사람도, 곤충도 모두 어지러울 수밖에 없다공."

회오리 안경의 위력 탓인지 날아오던 벌들은 빙글빙글 돌며

제대로 날지 못했어.

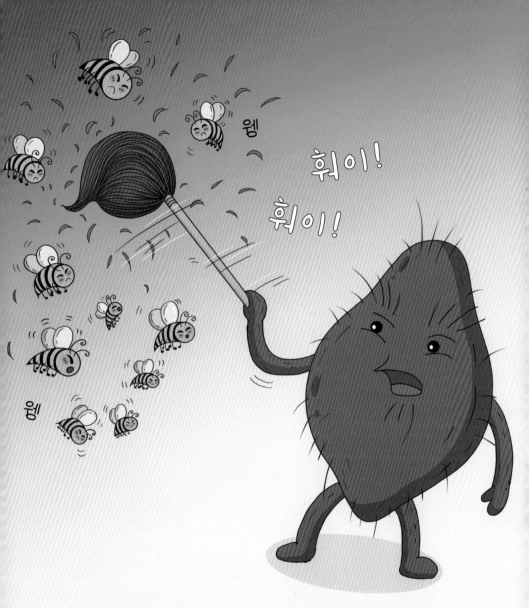

벌들이 제대로 날지 못하고 있을 때, 털났구마가 나타나
탈탈탈 먼지떨이를 흔들며 벌들을 쫓아냈어.
"훠이! 훠이! 저리 가라구마!"
우왕좌왕하던 벌들이 갑자기 한 방향으로 빠르게 날아갔어.

벌들이 날아간 곳에는 탔구마가 있었지.

탔구마는 달콤 군고구마 탈취제를 뿌리며 벌들을 유인하고
있었어.

"이쪽이구마! 이쪽으로 가면 너희 집이 있구마!"

꿀벌들은 달콤한 군고구마 냄새에 이끌려 침을 흘리며
탔구마를 쫓아갔어.

"탔구마, 마지막은 나한테 맡겨 주꾸미!"

그때 어디선가 호랑나비 한 마리가 날아왔어. 멀리서
꾸미구마가 나비를 조종하고 있었지.

"벌들아, 이제 여왕 나비를 따라 집으로 돌아가라꾸미!"

꾸미구마의 호랑나비는 마치 여왕벌처럼 꿀벌들을 이끌었고,
마침내 벌통 속으로 사라졌어.

꿀벌들도 모두 얌전히 벌통 속으로 들어갔지.

운동장에 모인 작구마와 친구들은 안도의 숨을 내쉬었어.

"정말 다행이야. 벌에 쏘인 고구마도 없고 다친 벌도 없어."

"꿀벌들이 모두 벌통 안으로 안전하게 들어갔구마."

"무서웠지만 우리가 힘을 합쳐 해결했구마."

보라구마와 빛나구마는 눈치를 보며 머리를 긁었어.

"미, 미안하다빛."

"이게 다 우리 때문이구마."

친구들은 웃으며 보라구마와 빛나구마를 격려했어.

"괜찮아, 벌들을 돕겠다고 한 일이잖아."

"맞구마. 너희 덕분에 환경의 소중함을 더 알게 되었구마."

　고구마 친구들의 모습을 보고, 선생님들은 흐뭇한 표정을
지었어.

　"굳이 발명왕을 뽑을 필요는 없을 것 같구왕."

　"맞고치! 모두가 재활용품을 이용해 근사한 발명품을 만든
발명왕이고치!"

　"앞으로 쓰레기는 확실히 줄어들 거다별!"

요리하구마 선생님이 와플이 가득 담긴 쟁반을 들고 왔어.

"발명품을 만드느라 고생했어요리! 특별 간식이에요리!"

와플을 본 고구마 친구들이 신이 나서 달려왔어.

"우아, 달콤한 냄새!"
"벌꿀을 바른 허니 와플이구마!"
"진짜 맛있겠구마."
친구들은 달콤하고 바삭한 와플을 맛있게 먹었어.

우아!

와!

"모두 맛있게 먹어요리! 꿀을 내어 준
꿀벌에게 감사의 마음도 잊지 말아요리!"
요리하구마 선생님의 말에 친구들은
다같이 외쳤어.

"왔구마 달콤하구마! 꿀벌들아, 고맙구마!"

떠든 고구마

작구마
탔구마

에피소드 ❷
왕구마 미스터리, 교장 선생님의 비밀을 밝혀라!

교실을 청소하던 작구마가 혼잣말을 했어.

"정말 이상하단 말이지."

"뭐가 이상하구마?"

빗자루를 쥔 탔구마가 다가왔어.

"교장 선생님 말이야. 발명대회 날 꿀벌들이 우릴 공격하려고
했을 때 몸을 크게 부풀리셨잖아."

"맞구마. 우릴 보호하려고 그랬던 거구마."

"내가 전학 온 날에도 몸을 크게 부풀려서 텃밭에 나타난
두더지를 물리치셨어. 어떻게 그럴 수 있지?"

"나도 신기하구마. 세상에 그런 능력을 가진 고구마는 왕구마 교장 선생님 밖에 없구마."

그때였어. 복도에서 꾸미구마와 보라구마가 다투는 소리가 들렸어.

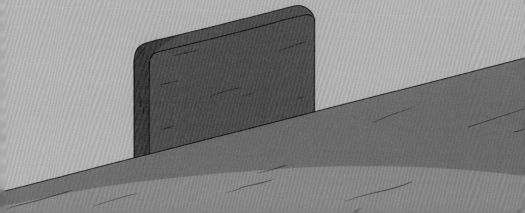

"아니꾸미, 교장실에 계셨꾸미. 자꾸 우기지 말꾸미."

"아니구마, 농장에 계셨구마. 우기는 건 내가 아니라 꾸미구마구마."

작구마와 탔구마가 궁금한 얼굴로 물었어.

"왜 싸우는 거야?"

"무슨 일 있구마?"

꾸미구마와 보라구마가 뾰로통한 얼굴로 대답했어.

"어제 점심시간에 왕구마 교장 선생님이 교장실에서 낮잠을 주무시는 걸 내가 봤꾸미."

무슨 일 있구마?

"아니구마, 왕구마 교장 선생님은 그 시간에 농장에서
당나귀한테 건초를 주고 계셨구마. 내 눈으로 봤구마."
　두 고구마는 자기 말이 맞다며 물러설 생각이 없어 보였어.
　작구마는 이번에도 이상한 생각이 들었어.

다음 날, 식당에서 오후 간식을 먹은 작구마는 학교를
향해 걸어갔어.

"작구마, 오늘 수업은 다 끝났구마. 학교에는 왜 가구마?"

탔구마가 쫓아오며 물었어.

"내 눈으로 확인해 봐야겠어."

작구마가 결연한 표정으로 말했지.

"뭘 확인하구마?"

"왕구마 교장 선생님을
살펴볼 거야."

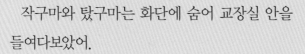

작구마와 탔구마는 화단에 숨어 교장실 안을
들여다보았어.

왕구마 교장 선생님이 꾸벅꾸벅 졸고 있었지.

"교장 선생님이 낮잠을 주무시고 계시구마."

"오후에는 낮잠을 주무시는 게 습관인 모양이야."

그 순간, 탔구마의 눈이 휘둥그레졌어.

"자, 작구마! 저, 저길 보구마!"

"왜?"

"이상하구마. 교장 선생님 머리카락이 없구마!"

"뭐라고?"

늘 한가닥 솟아올라 있던 왕구마 교장 선생님의
머리카락이 사라져 있는 거야.

"왜 머리카락이 사라졌지?"

"이상하구마. 점심때 식당에서 봤을 때는 틀림없이 머리카락이 있었구마."

작구마는 턱을 만지며 심각한 표정을 지었어.

"탔구마, 저분이 왕구마 교장 선생님이 맞을까?"

작구마의 말에 오싹한 기분이 든 탔구마가 팔을 문지르며
말했어.

"왜, 왜 그러구마. 무섭구마!"

작구마는 갑자기 달려 나가며 소리쳤어.

"따라와 탔구마, 농장에 가 봐야겠어!"

왜?

왕구마 농장에 도착한 작구마와 탔구마는 몰래 숨어서 지켜봤어.

왕구마 교장 선생님이 당나귀에게 건초를 주고 있는 모습이

보였지.

"이, 이게 어떻게 된 거구마? 왕구마 교장 선생님은 방금까지

교장실에서 낮잠을 주무시고 계셨구마!"

"머리를 봐, 저 왕구마 교장 선생님은 머리카락이 있어!"
"헉. 그렇구마! 아니, 뭐가 어떻게 된 건지 알 수가 없구마."
그렇게 작구마와 탓구마의 추리가 시작됐어.

"동시에 두 장소에 있을 수 있는 고구마는 없어! 혹시 왕구마 교장 선생님도 없구마, 알구마 선생님처럼 쌍둥이가 아닐까?"

"쌍둥이? 그런 소리는 들어 본 적이 없구마."

"그렇다면 몸을 크게 부풀리는 능력처럼 머리카락이 없는 고구마로 변신할 수 있는 능력이 있는 건 아닐까?"

"그, 그럴 가능성도 있어 보이는구마."

"그렇다고 해도 동시에 두 장소에 있는 건 설명이 안 돼."

"왕구마 교장 선생님이 분신술이라도 쓰는 거 아닐구마?"

작구마가 주먹을 움켜쥐며 눈빛을 반짝였어.

"좋아, 이번 기회에 왕구마 교장 선생님의 미스터리를 밝혀 내고야 말겠어!"

왕구마 교장 선생님은 텃밭 옆 개울로 걸어 들어갔어.
몰래 지켜보던 작구마와 탔구마가 의아한 표정을 지었지.

"갑자기 물에는 왜 들어가는 걸구마?"

"건초를 준 손을 씻으시려는 걸까?"

그때 왕구마 교장 선생님이 몸을 커다랗게 부풀렸어.

그러자 등에 보이지 않던 일곱 개의 푸른 점이 나타났어.

"교장 선생님 등에 점이 있구마?"

"잠깐만! 저건 평범한 점이 아니야. 북두칠성 모양이잖아!"

왕구마 교장 선생님의 등을 살펴보던 작구마가 소리쳤어.

"쉿!"

탔구마가 작구마를 진정시켰어.

"북두칠성이면 밤하늘의 별자리를 말하는 거구마?"

"맞아, 일곱 개로 된 국자 모양의 별로, 길잡이 별이야."

"근데 그런 게 왜 왕구마 교장 선생님 등에 있구마?"

"모르겠어. 하지만 저기에도 뭔가 비밀이 있을 거야."

그때 왕구마 교장 선생님이 손바닥으로 물을 퍼 몸에 뿌리기
시작했어.
작구마가 추리를 이어 나갔지.
"지금 어떤 비밀 의식을 치르는 중일지도 몰라. 중요한 일을
하기 전에 몸을 씻는 행위!"

탔구마는 또 겁이 나기 시작했어.

"무, 무섭구마. 뭘 하려고 저런 의식을 하구마?"

"아직은 모든 게 미스터리지만 곧 밝혀지게 될 거야!"

"왕구마 교장 선생님을 계속 쫓아다닐 생각이구마?"

"물론이지! 탔구마, 지금부터 우린 탐정이야. 왕구마 교장 선생님의 감춰진 비밀을 추적하는 거야!"

"아, 알겠구마. 긴장되지만 나도 열심히 돕겠구마."

몸을 씻은 왕구마 교장 선생님은 몸을 원래 크기대로 만들고는 개울 옆 숲으로 걸어 들어갔어. 작구마와 탔구마는 계속해서 미행했지.

"이 숲에는 처음 와 보는구마."

"그러게. 여긴 왜 들어오신 걸까?"

"근데, 자꾸만 어두워지는구마."
걸어 들어갈수록 울창한 숲이 햇빛을 가려
어두컴컴하고 으스스한 분위기가 감돌았어.
"무섭구마."
겁이 난 탔구마는 작구마를 꽉 붙잡았어.

그때 풀숲이 흔들리더니 검은 그림자 하나가 튀어나왔어.

"헉."

화들짝 놀란 작구마는 비명이 터져 나올까 봐 입을 손으로
틀어막았어.

"뭐, 뭐구마? 두더지구마?"

놀란 탔구마가 작구마를 끌어안았어.

"휴."

작구마는 안도의 한숨을 내쉬었어.

"안심해, 두더지가 아니라 귀여운 토끼야."

작구마와 탔구마 앞에 귀여운 토끼 한 마리가 앉아

있었어.

탔구마도 숨을 크게 쉬었어.

"휴우, 놀라서 심장 떨어지는 줄 알았구마."

　　작구마와 탔구마 앞에 앉아 있던 토끼는 어느새 깡총깡총 뛰어
왕구마 교장 선생님 근처까지 다가갔어.
　　토끼를 발견한 왕구마 교장 선생님이 갑자기 토끼를 향해
달려갔지.
　　놀란 토끼는 넝쿨이 휘감긴 나무 쪽으로 달아났어.
　　"왕구마 교장 선생님이 토끼를 잡으려는 거 같구마."
　　"어? 왜 잡으려고 하시는 거지?"
　　"근데 놓치신 것 같구마."
　　토끼는 넝쿨 속으로 사라진 뒤였지.

깡총

깡총

　토끼를 쫓던 왕구마 교장 선생님은 넝쿨 앞에 쭈그려 앉더니 고개를 돌려 주변을 살피기 시작했어. 그러고는 손에 쥔 뭔가를 먹기 시작했지.

　"갑자기 뭘 드시는 거구마?"

　"글쎄, 하지만 저것도 의식의 하나인 게 틀림없어."

　그 순간, 작구마와 탔구마의 눈이 커다래졌어.

　"헉⋯⋯. 저, 저건⋯⋯."

　"피?"

뭔가를 먹다 고개를 쓱 돌린 왕구마 교장 선생님 입에
붉은 액체가 흥건하게 묻어 있었어.

그 모습을 본 작구마와 탔구마는 새파랗게 얼어붙었어.

"서, 설마······."

"토끼를 잡아먹은 거구마?"

작구마와 탔구마는 눈앞에서 벌어진 일이 믿기지가 않았어.

마치 무서운 악몽을 꾸고 있는 것 같았지.

겁을 잔뜩 집어먹은 탔구마는 학교로 돌아가고 싶었어.

"자, 작구마. 이제 그만하자구마."

"여기서 포기하자고?"

"무, 무서워서 도저히 안 되겠구마."

"탔구마, 우린 탐정이라고 했잖아. 탐정에게는 용기가 필수야."

"하지만 더 알면 안 될 것 같구마. 알면 다치는 비밀도 있구마."

"그렇지만 이대로 밝히지 못하고 돌아가면 왕구마 교장
선생님을 예전처럼 대하지 못할 거야."

"그, 그건 작구마 말이 맞구마. 나도 왕구마 교장 선생님이
무서워졌구마."

"그러니까 힘을 내자. 비밀이 뭔지, 진실이 뭔지 확인해야 해."

"아, 알았구마. 우리 같이 힘을 내구마."

　더 깊은 숲으로 걸어 들어간 왕구마 교장 선생님이 동굴 앞에
멈춰 섰어.

　"저 동굴은 또 뭐구마?"

　"왕구마 교장 선생님의 비밀 장소가 틀림없어!"

　"그럼, 저 동굴 안에서 지금까지의 의식을 완성하는 거구마?"

　"그럴 거야. 분명 저 안에 뭔가가 있을 거야!"

왕구마 교장 선생님은 어두컴컴한 동굴
속으로 계속 들어갔어.

작구마와 탔구마는 들키지 않게 최대한
조심조심 따라 들어갔어.

"무, 무섭구마. 동굴이 굉장히 깊구마."

"이제 거의 다 온 것 같아."

동굴 끝에는 넓은 공터가 펼쳐져 있었어.

공터에는 책상이나 의자, 서랍장 같은
가구가 잔뜩 쌓여 있었지.

작구마와 탔구마는 돌무더기 뒤에 숨어 지켜보며 마른침을
삼켰어.
"동굴 속에 가구로 쌓은 탑이 있구마?"
"저건 마치 기도를 올리는 제단 같아 보여."
"제단? 그럼 여기서 제사 같은 걸 지내는 거구마?"

너무 무섭구마.

제물?

"글쎄……. 그래서 개울에서 몸을 씻은 건지도 몰라. 원래 어떤
신성한 의식을 치르기 전에 몸을 깨끗이 하잖아."
"그럼 토끼는?"
"그건 어쩌면…… 제물?"
"너무 무섭구마."
작구마의 그럴싸한 추리에 탔구마는 몸을 부르르 떨었어.

그 순간, 왕구마 교장 선생님이 낡은 서랍장 속에서 뭔가를 꺼냈어.
왕구마 교장 선생님이 돌아서자 손에 쥐고 있는 물건이 보였지.
그건 마치 날이 바짝 선 커다란 칼처럼 보였어.
"설마 저거 칼이구마? 왜 갑자기 칼을 꺼내구마?"
"제사를 시작하려는 건가 봐. 신의 제단 앞에서 칼춤을 추려는
거지."
"뭐? 뭐라구마?"
그때였어. 탔구마가 손을 짚고 있던 돌무더기가 우르르 무너져
내렸어.
그 소리에 놀란 왕구마 교장 선생님이 고개를 홱 돌려 작구마와
탔구마 쪽을 노려봤지.

127

누구구왕?

"누구구왕?"
왕구마 교장 선생님이 소리쳤어.
왕구마 교장 선생님의 눈이 번쩍하고 빛났어.
손에 쥔 칼도 반짝하고 빛났지.

작구마와 탔구마는 혼비백산해 비명을 지르며 도망치기
시작했어.

"으악!"

"들켰구마! 빨리 도망가구마!"

"우릴 잡아서 제물로 바칠지도 몰라!"

"거기 서구왕!"

왕구마 교장 선생님이 번쩍이는 칼을 휘두르며 쫓아오기
시작했어.

동굴을 벗어난 작구마와 탔구마는 손을 꼭 잡고 죽어라
달렸어.

"더, 더는 못 뛰겠구마. 이러다 잡히겠구마."
탔구마는 헉헉댔어. 벌써 지친 상태였지.
"안 돼. 탔구마. 조금만 힘을 내!"
"그치만 왕구마 교장 선생님이 너무 빠르구마."
"할 수 있어, 탔구마."

조금만 힘을 내!

하지만 몸을 크게 부풀려 쿵쿵거리며 쫓아오는 왕구마 교장 선생님 속도는 생각보다 훨씬 빨랐어.

작구마는 탔구마의 손을 더욱 꽉 쥐었어.

"탔구마, 이제 거의 다 왔어!"

"맞구마, 저기 개울이 보이는구마!"

왕구마 교장 선생님과의 거리는 더욱 좁혀졌어.
막 잡히려는 순간! 빛이 쏟아져 들어오는 숲의 끝에
누군가가 서 있는 모습이 작구마 눈에 보였어.

"누, 누구지? 저기 누가 있어!"
작구마의 눈이 커다래졌어.
"저, 저건 고치구마 선생님이구마!"

숲의 끝에 서 있는 건 손에 망치를 쥔 고치구마 선생님이었어.
작구마와 탔구마는 눈물을 흘리며 고치구마 선생님을 향해
달렸어.
"고치구마 선생님이 우릴 구하러 왔어!"
"왕구마 교장 선생님에게 맞서 싸워 주실 모양이구마!"

"고치구마 선생님, 도와주세요!"

"왕구마 교장 선생님이 이상해졌구마!"

작구마와 탔구마는 고치구마 선생님 뒤로 숨었어.

고치구마 선생님은 망치를 쥔 손에 힘을 주며 소리쳤어.

"걱정하지 말고치! 왕 두더지는 내가 상대하고치!"

"왕, 왕 두더지요?"

"왕 두더지가 아니라 왕구마 교장 선생님이구마!"

쿵쿵거리며 달려온 왕구마 교장 선생님이 고치구마 선생님 앞에 멈춰 섰어.

"무슨 일 있고치?"

왕구마 교장 선생님은 이마에 흐르는 땀을 훔치며 말했어.

"동굴 속에서 갑자기 비명을 지르며 달아나길래 무슨 일인가 싶어 쫓아와 본 거구왕."

긴장한 작구마와 탔구마가 고치구마 선생님 뒤에서 소리쳤어.

"거짓말하지 마세요! 그 칼로 우릴 해치려고 했잖아요!"

"토끼를 잡아먹는 걸 우리가 봤구마!"

왕구마 교장 선생님이 황당한 표정을 지었어.

"그게 무슨 소리구왕?"

왕구마 교장 선생님이 손에 쥔 것을 들어 올렸어.
왕구마 교장 선생님이 들고 있던 건 칼이 아닌 자였어!
"이게 어떻게 된 거지. 분명 칼이었는데……."
"이, 이상하구마. 우리가 오해를 한 거구마?"
왕구마 교장 선생님이 궁금한 표정으로 물었어.

"무슨 오해를 한 거구왕? 그리고 동굴에는 위험하게 왜 들어온 거구왕?"

"그, 그게……."

긴장한 작구마와 탔구마는 쉽게 말을 하지 못했어.

그때 풀숲에서 토끼 한 마리가 깡총하고 튀어나왔어.

"어? 저 토끼는?"

"아까 그 토끼구마! 살아있었구마!"

왕구마 교장 선생님에게 잡혀 먹은 줄 안 토끼였지.

작구마와 탔구마는 다시 한번 깜짝 놀랐어.

토끼의 입가에도 왕구마 교장 선생님 입에 묻어 있던 붉은

액체가 묻어 있었지.

"이게 대체 어떻게 된 거지……."

혼란스러워하는 작구마와 탓구마에게 왕구마 교장 선생님이
말했어.

"날이 저물고 있구왕. 이 소동을 일으킨 이유는 학교로
돌아가서 듣겠구왕."

깡충

학교 운동장에는 친구들과 선생님들이 모여 있었지.

갑자기 사라진 작구마와 탔구마를 기다리고 있는 거였어.

"작구마! 탔구마!"

"어딜 갔다 오는 거구마?"

"오후 내내 안 보여서 둘이 사라진 줄 알았구마."

돌아온 작구마와 탔구마를 보며 친구들이 걱정해 주었지.

머쓱해진 작구마와 탔구마가 작은 목소리로 대답했어.

"왕구마 교장 선생님을 몰래 따라다녔어."

"왕구마 교장 선생님의 비밀을 밝혀 보려 했구마."

"어떻게 교장실과 농장에 동시에 있을 수 있었는지 밝혀냈꾸미?"

안 그래도 궁금했던 꾸미구마가 눈을 반짝이며 물었지.

껄 껄

    그 순간 뒤에서 듣고 있던 왕구마 교장 선생님이 껄껄 웃으며
말했어.

    "그게 궁금해서 따라왔던 거구왕?"

    왕구마 교장 선생님의 말에 작구마가 눈에 힘을 주며 말했어.

    "낮에 분명히 교장실에서 주무시고 계신 걸 저와 탔구마가
똑똑히 봤어요. 근데 곧 농장에서 당나귀에게 건초를 주고
계셨고요!"

"교장 선생님, 혹시 분신술 같은 걸 하시는 거구마?"

탔구마의 질문에 웅성대던 친구들이 모두 조용해졌어.

"허허허. 난 그런 건 못하구왕. 하지만 몸을 크게 부풀리면

점프가 좋아지구왕."

몸을 부풀린 왕구마 교장 선생님이 두 다리에 힘을 주어
제자리에서 뛰어올랐어.
"흐읍!"

왕구마 교장 선생님은 하늘로 솟아오른 다음 한참 지나 쿵,
하고 바닥에 착지했지.

"미, 믿을 수가 없꾸미! 거의 나는 수준이꾸미!"

"저렇게 점프해서 순식간에 농장까지 간 거구마!"

꾸미구마와 보라구마가 감탄하며 말했지.

"그렇구왕! 동시에 두 곳에 있었던 게 아니라 빨리 가서 생긴
오해구왕!"

작구마가 다시 물었어.

"좋아요. 그건 이해가 됐어요. 하지만 머리카락이 다른 건
어떻게 설명하실 거죠?"

"머리카락?"

탔구마가 작구마의 말을 거들었어.

"교장실에서 낮잠을 자던 왕구마 교장 선생님은 대머리였구마.
하지만 지금은 머리카락이 있구마."

앗!

그 말을 들은 왕구마 교장 선생님은 머리카락을 쥐더니 쓱
하고 벗겨 냈어.

"앗!"

그 모습을 본 친구들은 모두 깜짝 놀랐지.

"사실 이건 가발이구왕. 잠잘 땐 답답해서 벗어 놓고
자는구왕."

왕구마 교장 선생님은 민망한 듯 머리를 긁으며 말했지.

"왕구마 교장 선생님이 대머리였다니……."

친구들은 모두 충격을 받았어.

옆에 있던 예술이구마
선생님이 웃으며 말했어.
"탈모가 온 왕구마 교장
선생님께 내가 만들어 드린 가발이예. 다들 감쪽같이 속았다니
정말 예술이예."
탈모가 온 왕구마 교장 선생님을 오해하는 바람에 작구마와
탔구마는 교장 선생님의 비밀을 본의 아니게 폭로하게 된 거야.
교장 선생님에게 미안한 생각이 들었어.
하지만 아직 풀리지 않은 의문들도 많았지.

"개울에서 몸을 부풀려 씻는 것도 봤구마."

"등에 평소에 없던 북두칠성 모양의 큰 점이 있었어요! 그 점은 대체 뭐죠?"

"점? 북두칠성?"

왕구마 교장 선생님은 무슨 소리인지 모르겠다는 듯 눈동자를 굴리며 중얼거렸지.

그때 옆에 있던 별나구마 선생님이 크게 웃음을 터뜨렸어.

"푸하하. 그건 아마도 부항 자국일 거다별."

"부항이요?"

작구마와 탔구마가 의문 가득한 표정으로 되물었지.

"왕구마 교장 선생님이 운동하다 허리를 삐끗해서 내가 등에 부항을 떠 주었다별."

"몸을 부풀렸을 때 뜬 부항이라 몸이 작아지면 자국이 잘 보이지 않구왕."

작구마가 머쓱해져 머리를 긁적였어.

"그, 그랬구나. 무슨 중요한 표식 같은 건 줄 알았네."

155

"그럼 숲에는 왜 들어간 거구마?"

탔구마가 손을 들고 물었어.

"맞아요. 거긴 어두워서 아무도 안 가고, 우리에게도 항상 못 가게 하시잖아요."

이번엔 요리하구마 선생님 나섰어.

"내가 부탁했어요리. 요리에 쓸 '그늘 오디'가 익었는지 확인해 달라고 부탁했어요리."

"맞구왕. 요리하구마 선생님 부탁을 받고 그늘에서 자라는
그늘 오디가 익었는지 확인해 본 거구왕. 맛있게 잘 익어서
토끼에게도 나눠 주었구왕."

작구마와 탔구마는 서로를 쳐다봤어.

"아, 그래서 왕구마 교장 선생님 입에도, 토끼 입에도 붉은 피
같은 게 묻어 있던 거구나."

"그것도 모르고 교장 선생님이 토끼를 잡아먹은 것 같다고
의심했구마……."

이번에는 고치구마 선생님이 동굴에 대해 설명했어.

"숲에 있는 동굴은 창고로 사용하는 동굴이고치. 고장이
나거나 낡은 책걸상과 가구를 보관해 뒀다가 재활용해
사용하고치."

"고치구마 선생님이 고쳐 쓸 책상 하나를 가져다 달라고
부탁해 동굴에도 갔던 거구왕."

그렇게 동굴에 대한 비밀도 풀렸어.

"그럼 그 칼, 아니 그 자는요?"

"사이즈를 재기 위해 동굴 속에 항상 큰 자를 두구왕."

"아, 그랬던 거구나."

왕구마 교장 선생님이 자를 꺼내 알맞은 크기의 책상이 있나
재 보려는 순간, 작구마와 탔구마가 오해하는 바람에 놀라
도망친 거였지.

"이제 마지막으로 모두 궁금해하고 있는 내 몸이 커지는 이유에 대해 말해 주겠구왕."

고구마 친구들이 웅성거렸어.

"맞구마, 난 그게 제일 궁금했구마."

"어떻게 그런 능력을 갖게 됐는지 드디어 비밀이 풀리는구마."

"몇 년 전에 없구마, 알구마 선생님의 과학실에 들어간 적이
있구왕."

옆에 있던 없구마, 알구마 선생님이 교장 선생님의 설명을 이어
받았어.

"그때 우린 고구마의 성장을 도와 줄 슈퍼 영양제를 만들고 있었없."

"그런데 과학실에 들어온 왕구마 교장 선생님이 실수로 영양제를
온몸에 쏟고 말았알."

"그 뒤로 몸을 크게 만들 수 있는 능력이 생겼구왕."

드디어 왕구마 교장 선생님의 미스터리가 모두 풀렸어.

왕구마 교장 선생님을 의심했던 작구마와 탔구마도 홀가분한 기분이 들었지.

작구마는 웃으며 겸연쩍게 뒷머리를 긁었어.

"난 탐정이 될 소질이 없나 봐. 내 추리는 다 엉터리였어."

"아니구마. 그래도 작구마 덕분에 왕구마 교장 선생님에 대한 오해가 모두 풀렸구마."

그렇게 작구마와 탔구마의 탐정 소동은 끝이 났지.

엉뚱 추리 대잔치였지만 정말 흥미진진 스릴 넘치는
모험이었어.

왔구마 고구마구마

⑧ 오늘은 발명왕! 내일은 명탐정! 글 전재운 그림 쏘울크리에이티브(정연주, 이두희)

초판 1쇄 펴낸날 2024년 12월 20일

기획 오마주 주식회사(김영은, 김부경) **캐릭터디자인** 김부경

펴낸이 김병오 **외주편집** 책읽구마 **디자인** 정상철 **편집** 김유진 이동익 **경영지원** 이선영

펴낸곳 (주)킨더랜드 **등록** 제406-2015-000037호 **주소** 경기도 파주시 회동길 512 B동 3F

전화 031-919-2734 **팩스** 031-919-2735

ISBN 979-11-7082-088-8 (74810) 979-11-92759-38-8 (세트)

제조자 (주)킨더랜드 **제조국** 대한민국 **사용연령** 8세 이상

「왔구마 고구마구마」의 캐릭터/IP 라이선싱 등 사업 관련 문의는 오마주(주) omj@omaju.net 으로 문의 주시기 바랍니다.